Märchen aus aller Welt

Erstes Buch - Asien

Märchen aus aller Welt

Erstes Buch - Asien

Gesammelt und erzählt von Melanie Koßmann

Capt. Swings
Geheime Bibliothek

Bibliografische Information der Deutschen Nationalbibliothek: Die Deutsche Nationalbibliothek verzeichnet diese Publikation in der Deutschen Nationalbibliografie; detaillierte bibliografische Daten sind im Internet über dnb.dnb.de abrufbar.

© 2022 by Melanie Koßmann
Herstellung und Verlag:
BoD – Books on Demand, Norderstedt
ISBN 9 783755 748977

Märchen aus Asien

Vorwort

Erzählt man sich in anderen Ländern andere Märchen? Sind sie grausam oder fröhlich, verrückt oder moralisch? Das wollte ich wissen und so machte ich mich auf die Reise. Dabei habe ich viele Märchen gelesen. Merkwürdiges und Vertrautes, manche bekannte Geschichte in neuem Gewand gefunden, aber auch Frisches und Freches.

Die meisten Erzählungen sind kurz genug für eine Gute-Nacht-Geschichte. Da ist in meinem Denken kein Platz für Gewalt, Schrecken und Gräueltaten, wie es in vielen traditionellen Märchen meiner Kindheit der Fall ist. Ausgewählt und nacherzählt habe ich nur solche, in denen nicht vergiftet und getötet wird oder Kinder im Wald ausgesetzt werden.

Märchen sollen die Phantasie anregen, uns zum Träumen verführen, aber keinesfalls zu Albträumen verhelfen!

Ich wünsche mir lehrreiche Geschichten voll Gerechtigkeit.

Sie mögen spannend sein oder uns zum Schmunzeln bringen. Unterhaltsam sollen sie sein und uns Rätsel aufgeben.

Sie dürfen zum Nachdenken anregen oder gar melancholisch stimmen, aber bitte – ohne Mord und Totschlag.

Da in jedem von uns ein Funke des kleinen Kindes steckt, erfreut diese Märchenreihe auch die „großen Kinder", die sich den Sinn für das Träumen in ferne Welten bewahrt haben und die das Lesen von Märchen, so wie mich, auf seltsame Art und Weise einfach glücklich macht.

Melanie Koßmann

Das Mädchen mit dem Holzhut

(Japan)

In einem kleinen Dorf in Japan lebte einst ein reiches Ehepaar. Ein unglücklicher Umstand ließ die beiden jedoch sehr arm werden. Sie wollten daraufhin nicht länger in dem kleinen Ort wohnen, da sie dort als sehr wohlhabend bekannt waren. Es war ihnen unangenehm vor den Nachbarn und Freunden, in diese missliche Lage gekommen zu sein und sie schämten sich für ihre Armut. Sie zogen mitsamt ihrer wunderschönen Tochter in ein weit entferntes Dorf, um dort ein neues Leben zu beginnen. Doch kaum wohnten sie in dem neuen Haus, da starb der Ehemann eines plötzlichen Todes. Die Mutter musste nun alleine für ihr Kind und sich sorgen. Das fiel ihr schwer und sie sorgte sich. Sie wollte ihrem Mädchen alle guten Tugenden vermitteln, wie Fleiß, Treue, Ehrlichkeit. Sie wollte nicht, dass sich die Menschen nur von ihrer Schönheit verzaubern ließen, sondern durch ihre inneren Werte. Das Kind war sehr brav und hörte stets auf die Mutter. Es war liebenswert, höflich und wurde von jedem gemocht.

Als die Mutter schließlich sehr krank wurde, sagte sie auf dem Sterbebett: „Geh vor der Türe die Holzschale holen und setz sie dir auf den Kopf, versprich mir, diese nie mehr abzusetzen. Sie wird dich vor Übel bewahren." Die Schüssel sollte die Tochter vor den Blicken der Neider schützen. Das Mädchen versprach es und trug von nun an eine Holzschale auf dem Kopf, die einen Schatten auf ihr Gesicht warf und so ihre Schönheit verbarg.

Jetzt war die Tochter alleine und musste sich ihren Lebensunterhalt selbst verdienen. Da sie aber fleißig war, hatte sie schnell Arbeit auf dem Feld bei den Bauern gefunden und lebte ein einfaches Leben. Die Dorfbewohner machten sich allerdings lustig über ihre Kopfbedeckung und gaben ihr Spitznamen, wie die Jungfrau mit dem Holzhut, Holzkopf oder ähnliches. Sie blieb aber unbeirrt und trug weiterhin die Schale auf dem Kopf, denn sie hatte es ihrer Mutter versprochen. Der ein oder andere Bursche war neugierig und versuchte die Schüssel abzunehmen, aber es gelang niemandem.

Nach einiger Zeit fiel dem reichsten Gutsherren der Gegend ihr Arbeitseifer auf und er gab ihr eine Festanstellung auf seinem Hof. Eine fleißigere Arbeiterin hatte er nie zu vor gesehen. Es stellte sich im Laufe der Zeit heraus, dass sie ebenfalls gut erzogen und außerordentlich tugendhaft war.

So kam es, dass der Gutsherr das Mädchen fragte, ob es seine krank gewordene Frau pflegen wolle. Die Schöne mit dem Holzhut willigte ein und musste von nun an keine harte Feldarbeit mehr erledigen, wohnte ebenfalls im dem schönen Haus ihres Dienstherren und verdiente auch mehr Geld als früher. Sie hatte ein gutes Leben und dankte den Göttern für ihr Glück.

Eines Tages besuchte der älteste Sohn des Gutsherren seine Eltern. Er hatte in einer großen Stadt fernab studiert und wollte jetzt in dieser ländlichen Gegend bei seinen Eltern etwas Ruhe finden.

Das Mädchen fiel wegen seiner Schale auf dem Kopf natürlich sofort auf und er neckte sie anfänglich damit. Im Laufe der Zeit aber lernte er sie besser kennen. Ihm gefiel ihre fürsorgliche, liebevolle und herzliche Art.

Einmal schaffte er es, unbemerkt ein wenig unter ihren Hut zu schielen und er wurde ihrer Schönheit gewahr. Er war auf der Stelle Hals über Kopf verliebt und machte dem Mädchen von nun an den Hof.

Er erklärte seine Heiratsabsichten seinen Eltern. Diese waren wenig begeistert, obwohl sie die junge Frau mochten und einige Verwandte versuchten sogar, ihr schlecht nachzureden. Niemand verstand, wie man ein Mädchen mit einem Holzhut zur Frau nehmen wollte.

Ihr gefiel der junge Student ebenfalls, sie wusste aber nicht recht, wie sie sich verhalten sollte. In der Nacht erschien ihr im Traum die Mutter, die sprach: „Nimm ihn zum Manne. Es wird dir mit ihm an nichts fehlen! „ So willigte sie in die Heirat ein und es wurde ein großes Fest vorbereitet.

Natürlich wurde viel gelacht über die Braut mit dem Holzkopf und auch ihr zukünftiger Ehemann musste viel Spott über sich ergehen lassen. Aber er ließ sich davon nicht beirren.

Selbst als der Brautschleier angebracht werden sollte, ließ sich die Holzschüssel nicht entfernen. Sie war wie angewachsen. „Es ist mir egal", sagte der zukünftige Ehemann, „ich bin an deine Holzschüssel gewöhnt, es macht mir nichts aus. Für mich bist du mit oder ohne Hut die schönste Frau der Welt."

Sie feierten ein ausgelassenes Fest und als beide aus dem Hochzeitskelch zur Besiegelung der Ehe tranken, zersprang die Holzschale auf dem Kopf des Mädchens in viele kleine Stücke. In den Holzstücken befanden sich Perlen und Diamanten eingearbeitet, die man nun zu sehen waren.

Die Hochzeitsgesellschaft kam aus dem Staunen nicht mehr heraus. Nicht nur wegen der Juwelen, sondern auch wegen der Schönheit der Braut, die sämtliche Diamanten überstrahlte.

Da wurde ein Fest wie nie zuvor gefeiert.

Das Ehepaar aber lebte glücklich und zufrieden bis an ihr Lebensende und hatte viele, ebenfalls wunderschöne und tugendhafte Kinder.

Eine gute Tochter
(Korea)

Herr Sim war ein geachteter Dorfbewohner, der zu den Edelleuten zählte. Er hatte Diener und eine angesehene Position, aber dennoch war er nicht wohlhabend. Wenn er sparsam war, reichte sein Gehalt gerade, um seinem Stande gemäß leben zu können. Als er von seinen Eltern verheiratet wurde, war er erst unzufrieden, denn er hätte sich seine Braut gerne selbst ausgesucht.

Seine Zukünftige wurde aber als eine Schönheit mit hoher Intelligenz gerühmt. Sie konnte lesen und war in den chinesischen Schriftzeichen bewandert. Auch künstlerisch war sie begabt, selbst für den König fertigte sie Handarbeiten, die große Bewunderung fanden. Als der Brautschleier schließlich fiel, war Sim erleichtert und auf der Stelle von seiner Braut verzückt.

Die beiden waren, wie es sich mit der Zeit herausstellte, für einander gemacht,. Sie waren überglücklich, dass die Eltern sie vereint hatten. Sie schmiedeten gemeinsame Pläne und

15

wünschten sich nichts sehnlicher als einen Sohn, der ihre wundervolle Ehe besiegeln sollte. Aber dieses Glück schien ihnen verwehrt. Sim zog sich immer mehr zurück, er mied andere Menschen und auch seine Frau. Es war im unangenehm keinen Sohn zeugen zu können, er schämte sich und wurde kränklich. Seine Frau hingegen gab die Hoffnung nicht auf. Nach 15 Ehejahren hatte sie einen Traum, in dem ein Stern vom Himmel fiel. Sie dachte es sei ein Zeichen und sie würde nun ihre langersehnten Sohn erhalten. Sie hatte recht, ihr Traum wurde wahr und sie war schwanger.

Aber statt des Sohnes bekamen sie ein gesundes schönes Mädchen geschenkt, welche sie Sim Chun nannten. Die Eltern liebten sie über alles und dankten den Göttern dafür. Das Kind ließ Sim wieder aufblühen und die Beziehung des Paares festigte sich erneut. Ihr Glück hätte nicht größer sein können. Als das Mädchen 3 Jahre alt war und sich langsam dessen Schönheit und Klugheit abzeichnete, verstarb die Mutter plötzlich. Sim verfiel in tiefe Trauer. Er weinte den ganzen Tag und zog sich erneut zurück. Als er sich endlich wieder unter die Leute begab, ging er gebeugt, war grau geworden und seine Augen waren tot. Er war erblindet. Er konnte nicht mehr seiner früheren Arbeit nachgehen und verkaufte nach und nach all seinen Besitz, selbst das Haus, um seine Tochter und sich zu ernähren. Nach 10 Jahren war alles aufgebraucht und sein Kind zu einer wunderschönen Jungfrau herangewachsen.

Eines Tages fiel der blinde Sim in eine mit Wasser gefüllte Grube, aus der er sich alleine nicht mehr befreien konnte. Er rief laut um Hilfe. Jemand näherte sich dem Rufenden und sagte: „Ich bin der Priester im Tempel der Bergfeste, ich werde dir aus der Grube helfen. Denn ich habe geträumt du bringst meinem Buddha des Tempels 300 Säcke Reis und dafür wirst du wieder sehend. Du wirst danach einen Beamtenposten erhalten, hohe Achtung erlangen und deine Tochter wird die vornehmste Frau des ganzen Reiches werden." Sim erwiderte er sei arm und hätte keine 300 Säcke Reis. Der Priester sagte, er hätte Zeit den Reis zu beschaffen, es müsse nicht gleich sein. Er zog ihn aus der Grube und sie gingen nach Hause um einen schriftlichen Vertrag darüber aufsetzen. Als der Priester gegangen war, lächelte Sim. Wie solle er jemals diese Menge Reis beschaffen, er hatte nicht mal genug für das heutige Abendessen. In den nächsten Tagen aber fand er eine einfache Tätigkeit auf dem Feld. Sein Gehalt reichte für ihr tägliches Brot und seine Tochter kochte einfache, aber köstliche Speisen von dem Wenigen was sie hatten. Eines Abends erschien der Priester erneut und forderte die Reissäcke ein. Daraufhin musste Sim seiner Tochter von der Abmachung erzählen. Diese grübelte nun Tag und Nacht, wie sie helfen könne, die Reissäcke zu besorgen, damit ihr Vater wieder sehen könnte. In einer Nacht erschien ihr die Mutter im Traum. Sie sagte, sie solle sich nicht sorgen. Es würde sich ein Weg finden die 300 Sack Reis zu beschaffen. Danach wären sie wieder glücklich und zufrieden.

(Wenn du wissen möchtest, wie es Sim Chun und ihrem Vater weiterhin erging, dann musst du nun eine Nacht schlafen und am Tag deiner Arbeit nachgehen. Morgen Abend erzähle ich dir die Geschichte weiter)

Am nächsten Tag hörte Sim Chun von einem sehr reichen Kaufmann, der hohe Summen Geld bot, wenn eine Jungfrau sich dem Meeresgott opfere. Seine Schiffe erlitten an einer gefährlichen Stelle im Meer regelmäßig Schiffbruch und er verzeichnete hohe Verluste an Menschenleben und Gütern. Er konnte aber bislang keine Jungfrau finden, die bereit war, sich zu opfern.

Sim Chun entschloss sich, ihn aufzusuchen und sich anzubieten. Dafür kleidete sie sich besonders ärmlich, damit ihre Schönheit ihn nicht davon abhielt, sie zu opfern. Der Kaufmann ließ sich aber von ihrer Kleidung nicht täuschen und sah wie wunderschön das Mädchen war. Sie erzählte ihm von ihrer Notlage und warum sie sich opfern wolle. Der Herr war gerührt und sagte: „Ich dachte solche Taten gäbe es nur in den alten Märchen, von denen unsere Großeltern erzählten. Ich werde es meinem Herrn weitergeben. Ich bin nur der Oberaufseher, aber der Kaufmann wird den Preis sicher zahlen."

So kam es, dass ihr 300 Sack Reis geliefert wurden und schweren Herzens erzählte sie ihrem geliebten Vater wie es dazu kam. Dieser war entsetzt und wollte seine Tochter nicht gehen

lassen. „Was habe ich davon, wenn ich wieder sehen kann, aber du nicht mehr da bist?" sagte er unter Tränen. Auch die Nachbarn hörten sein Wehklagen und versuchten sie von ihrem Plan abzubringen.

Inzwischen war ein Fremder auf einem Maulesel heran geritten um Sim Chun abzuholen. Die Familie tat ihm leid und er gab dem Vater einen Gutschein über weitere 50 Sack Reis und nahm die Schöne mit sich.

Am Hafen angekommen wurde Sim Chun in ein Brautgewand gekleidet und in einen mit Blumen geschmückten Kahn gesetzt. Danach fuhren sie zu jener Stelle, wo der Gott der Gewässer leben sollte.

Sim Chun sprang tapfer in die Fluten und verschwand in den Wellen. Das Meer beruhigte sich sogleich und die Schiffe des Kaufmanns konnten passieren. Der Meeresgott schien besänftigt. Sim Chun erwachte in einem kleinen von Fischen gezogenen Boot, umgeben von wunderschönen Meerjungfrauen. Diese hatten den Auftrag, sie zum Meeresgott zu bringen. „Bin ich tot? Wenn ja, ist das ein sehr angenehmes Dasein!" Sie gaben ihr aus einem goldenen, mit Perlen besetzten Becher zu trinken und von weitem erblickte sie einen prunkvollen Palast. Solch eine Pracht hatte sie nie zuvor erblickt. Das Eingangstor war aus purem Kristall und die Mauern aus Edelsteinen. Der Weg war mit glänzenden schwarzen Marmorplatten belegt. Der Gott des Meeres trat heraus, begleitet von einem Gefolge von Fischen, Tänzerinnen und Meerjungfrauen.

Sim Chun verbeugte sich ehrfürchtig vor ihm. Sie sagte ihm, wer sie sei und was sie zu ihm führte. Der Seekönig lächelte nur und antwortete: „Ich kenne dich genau, besser als du dich selbst. Ich bin der Gott der Meere und ich kenne die Sterne am Himmel, die mich in den Nächten besuchen. Du warst einst ein Stern. Du hast deinen Dienst als Mundschenk des Sternenkönigs verrichtet. Du hattest einen Geliebten. Dem gabst du heimlich von dem Wein des Königs zu trinken. Da dies aber der königliche Lieblingswein war und er so merkwürdig schnell zur Neige ging, ließ dieser Untersuchungen anstellen. Als er erfuhr was passiert war, wurde er so zornig, dass er euch beide zur Strafe auf die Erde verbannte. Du kamst als

Tochter von Sim zur Erde. In dem du dich nun in kindlicher Liebe für deinen Vater geopfert hast, möchte der Sternenkönig dir verzeihen. Er möchte dir Vergebung schenken und deine edle Tat belohnen.

Das Mädchen war sprachlos. Sie wurde in kostbare Gemächer geführt, um sich auszuruhen und am nächsten Tag durfte sie ihre Rückreise auf die Erde antreten. Man übergab ihr eine Blume. In dieser sollte sie sich verstecken und deren Duft würde sie auf dem Heimweg nähren.

Sie setzte sich in den Blütenkelch und erschien bald wieder an der Stelle, wo sie ins Meer gesprungen war. Ein Schiff erblickte die Blüte und brachte sie an Land. Diese Blume verströmte solch einen Wohlgeruch und war so wunderbar anzuschauen, dass sie alsbald dem König im Schloß als Geschenk überreicht wurde. In der Nacht schlich sich Sim Chun aus der Blüte, um im Garten des Schlosses spazieren zu gehen. Der König aber hatte einen unruhigen Schlaf gehabt und war ebenfalls in der Garten gegangen, um frische Luft zu schnappen. Dort traf er auf die Schönheit und er war sofort unsterblich verliebt. Am nächsten Tag berichteten seine

Sterndeuter, in der Nacht sei ein Stern vom Himmel gefallen, direkt in seinen Garten.

Der König hielt um die Hand der schönen Sim Chun an, die glücklich einwilligte. Allerdings fehlte ihr der Vater. Sim Chun sagte, sie hätte in der Nacht von armen Blinden geträumt, denen wolle sie etwas Gutes tun und ihnen ihre Bürde erleichtern. Sie möchte ihnen Kleider schenken und andere Dinge, die sie benötigen. Da ließ der König alle Blinden des Landes in seinen Palast kommen, um das gute Herz der Schönen zu erfreuen. Plötzlich stand Sim vor der Blumenfee, wie sie der König nannte. Sie rief:"Mein Vater, mein Vater!" Da fielen die Zwei sich in die Arme, der Blinde konnte es kaum glauben, denn er dachte sein Kind wäre im Meer ertrunken. Sie feierten die ganze Nacht und mit einem Mal rieb Sim sich über die Augen und sagte:"Hinfort mit euch trüben Dingern, mein Kind ist zurück." Er konnte wieder sehen.

Der König vermählte den alten Vater mit der Tochter eines Ministers und gab ihm Arbeit als Beamter an seinem Hof.
So hatte sich die Prophezeiung des Tempelpriesters der Bergfeste erfüllt.

Das Reimen

(China)

Es waren einmal drei Töchter, die alle verheiratet waren. Die Klügste von den Schwestern, die sehr gewandt im Reden war, heiratete einen schlichten Bauern, die andere einen Lehrer und die dritte einen Doktor. Die Mutter der Mädchen feierte Geburtstag und lud ihre Kinder samt Schwiegersöhnen zu einem großen Festessen ein. Sie hatte den besten Wein des Dorfes besorgt und es sollte ihnen an nichts fehlen.

Die zwei studierten Schwiegersöhne, wollten sich während des Essens über den ungebildeten dritten Schwiegersohn lustig machen. Er hatte keine Schule besucht und arbeitete als Bauer auf dem Feld. Da sagte der Doktor: „ Hier herum sitzen und Wein trinken ist doch langweilig. Lasst uns ein Trinkspiel spielen. Wir wollen reimen und zwar auf die Worte: am Himmel, auf Erden, am Tische und im Zimmer. Jeder macht ein Gedicht mit den vier Worten, welches sich reimt und Sinn macht. Derjenige der es nicht schafft, muss zur Strafe drei Gläser Wein trinken." Der Lehrer grinste. Er freute sich insgeheim und willigte ein.

Dem Bauern war dieses Spiel äußerst unangenehm, er wollte nicht mitmachen. Er wusste, er könnte den anderen nicht das Wasser reichen und würde sich nur blamieren. Er wollte gehen.

Aber die Gäste ließen ihn nicht gehen und drängten ihn mitzuspielen.

Der Lehrer sagte, ich möchte anfangen:

„Am Himmel stolz der Phönix fliegt,
auf Erden zahm das Schäflein liegt,
am Tische les´ ich alte Weise,
im Zimmer ruf der Magd ich leise."

Alle nickten beifällig und der Doktor brachte nun seinen Reim zum Besten:

„Am Himmel fliegt die Turteltaube,
auf Erden wühlt der Ochs im Staube,
am Tisch studiert man, was gewesen,
im Zimmer führt die Magd den Besen."

Alle blickten nun den Bauern an, der jetzt an der Reihe war. Er hatte nie zuvor gereimt und er begann stotternd:

„Am Himmel fliegt eine Bleikugel,
auf Erden geht ein Tigertier,
am Tische liegt eine Schere,
im Zimmer ruf ich den Stallknecht."

Da fingen die beiden Studierten schallend an zu lachen und klatschten sich amüsiert auf die Schenkel. Es würde sich ja gar nicht reimen, sagten sie und am schlimmsten sei, dass das überhaupt keinen Sinn ergäbe und sie kamen aus dem Lachen gar nicht mehr heraus.

Der arme ungebildete Schwiegersohn lief purpurrot an und schämte sich.

Der Lehrer meinte: „Eine Bleikugel ist kein Vogel, der Stallknecht macht seine Arbeit im Freien und nicht im Zimmer und was soll das mit dem Tiger und der Schere? Alles Blödsinn, das ergibt keinen Sinn. Hier, trink die drei Gläser Wein, du hast verloren."

In diesem Moment kam die sehr schlaue Ehefrau des Bauern dazu, die im Nebenzimmer alles mit angehört hatte. Sie verteidigte ihren Mann und sprach: „Wieso haben die Zeilen keinen Sinn? Natürlich hat mein Mann gewonnen! Seid ihr nicht klug genug die Zeilen zu verstehen? Dann muss ich es euch wohl erklären. Die Bleikugel trifft euren Phönix und die Taube und holt sie vom Himmel. Auf Erden wird das Tigertier euer Schaf und den Ochsen fressen, mit der Schere werden eure alten Bücher am Tisch zerschnitten und wenn der Stallknecht endlich ins Zimmer kommt, kann er eure Magd heiraten."

Da sagte der Doktor:"Oh, du bist wirklich eine clevere Frau und du kannst sehr gut reden, sowie mit Worten umgehen. DU solltest den Doktortitel haben!"

Er blickte den Lehrer an, dieser meinte:"Ich glaube wir Zwei sollten zur Strafe die drei Gläser trinken." Sie leerten die Gläser und alle lachten.

Der königliche Kürbis
(Indonesien)

Auf der tropischen Insel Java im Königreich Majapahit, regierte einst ein weiser König namens Prabu Brawijaya. In seinem Palast hatte er einen hübschen kleinen Vogel, der ihn tagtäglich mit wundervollen Gesängen erfreute. Als er den Vogel eines Tages füttern wollte, entwischte dieser aus dem Fenster und flog davon. Der König hing sehr an dem Tier und vermisste dessen fröhliches Gezwitscher. Also beschloss er, sich auf die Suche nach ihm zu begeben. Damit ihn niemand in seinem Königreich erkannte, verkleidete er sich als Wanderer und nahm seinen schwarzen Hund zur Sicherheit mit.

Nach mehreren Tagen kam er an einer kleinen Hütte vorbei, in der ein älteres Ehepaar wohnte. Der Mann hieß Adi Wayan und begrüßte den Wandersmann freundlich. Er sagte ihm sofort, er müsse sich keine Sorgen machen, er hätte den Vogel gefunden.

Der König fragte erstaunt: „Woher kannst du wissen, dass ich meinen Vogel suche? Wieso bist du dir sicher, dass mir der Vogel gehört?"

Der alte Mann erwiderte, er habe den Vogel vor 5 Tagen bei sich aufgenommen und versorgt. Viele Leute seien gekommen und hätten ihm den schönen Singvogel für viel Geld abkaufen wollen, aber ihm sei in der Nacht ein Zauberer erschienen. Dieser mahnte ihn, er solle den Vogel nur an seinen rechtmäßigen Besitzer abgeben, der ihn bald mit einem schwarzen Hund abholen würde. So lud er Prabu in sein Haus ein und bewirtete ihn.

Adi und seine Frau ahnten nicht, dass der Wanderer der verkleidet König war.

Am nächsten Morgen verabschiedete sich Prabu glücklich von dem Ehepaar. Er hatte seinen geliebten Vogel zurück. Er überließ ihnen zum Dank seinen schwarzen Hund. Sie sollten sich zukünftig um ihn kümmern und falls sie einmal in die Stadt kämen, würde der Hund ihnen den Weg zu seinem Haus zeigen. Er erklärte: „Wir sind ab jetzt Brüder!"

Die Zeit verging und nach zwei Jahren endlich, wollte Adi seinen „Bruder" wiedersehen. Er nahm Abschied von seiner Frau und zog mit dem schwarzen Hund los Richtung Stadt. Dieser führte ihn direkt zum Palast und rannte sogleich hinein. Adi hatte Sorge ihm nachzugehen, denn der Eintritt war ohne Erlaubnis strengstens verboten. Dennoch folgte er dem Hund. Plötzlich kam der König aus einer der Türen. Adi verneigte sich voller Angst und traute sich nicht ihm ins Gesicht zu sehen. Da begann der König laut zu lachen und sagte: „Steh bitte auf. Wir sind Brüder, du erinnerst dich?" Da erkannte Adi die Stimme und blickte auf. Tatsächlich! Der Wanderer war der König.

Prabu ließ nun ein köstliches Mahl auftischen und sie feierten ihre Zusammenkunft. Als Adi wieder nach Hause aufbrach, schenkte der König ihm zum Abschied einen großen Kürbis.

Der alte Mann musste den riesigen Kürbis viele Tage tragen. Er war sehr schwer, wurde immer schwerer und Adi wurde immer grimmiger. Der König bezeichnete ihn als seinen Bruder und schenkte ihm zum Abschied nur einen blöden KÜRBIS?

Als er endlich zu Hause ankam, warf er wütend den Riesenkürbis seiner Frau vor die Füße mit den Worten: „Da, bitteschön, ein Geschenk von deinem Schwager". Der Kürbis platzte durch den Aufprall am Boden auf.

Heraus fielen unzählige Juwelen, Diamanten und Gold. Seine Frau kam aus dem Staunen nicht mehr heraus. Adi war sehr beschämt, weil er schlecht von seinem Bruder gedacht hatte und entschuldigte sich dafür.

Sie lebten seit diesem Tage an weiterhin schlicht und bescheiden, waren aber ein sehr reiches Paar.

Die Entscheidung

(Philippinen)

Es war einmal ein König, der hatte 2 Söhne. Als er älter wurde, kam die Zeit einen würdigen Nachfolger zu benennen. Er konnte sich nicht entscheiden, welcher der Brüder der bessere Thronfolger wäre. Somit holte er sich Rat bei den Weisen seines Landes ein. Diese sagten: „Gib jedem deiner Söhne 3 Goldstücke. Sie sollen damit den Festsaal des Palastes bis zum Abend füllen. Womit spielt keine Rolle. So wird sich zeigen, wer der Würdigere ist."

Der König ließ seine Söhne kommen und trug ihnen die Aufgabe auf, die sie zu erfüllen hatten.

Beide willigten ein und zogen los, um etwas geeignetes für den Festsaal zu finden.

Der ältere Bruder kam an einem Feld vorbei. Dort wurde gerade Zuckerrohr geerntet. Die ausgepressten Rohre lagen überall auf dem Feld verstreut, niemand benötigte sie. Er wandte sich an den Bauern und kaufte ihm die übrig gebliebenen Zuckerrohrhalme ab, die der Bauer von seinen Arbeitern in den Palast bringen ließ und die Halle damit bis unter das Dach füllten.

Der Sohn ging stolz zu seinem Vater und sagte: „Ich habe die Prüfung bestanden, ich bin der neue König. Lass es in der Stadt ausrufen" Der König aber wollte erst die Leistung des Jüngeren abwarten, denn es war noch nicht Abend.

Der Jüngste kam schließlich und bat darum, den Festsaal leer zu räumen. Dann stellte er in der Mitte des Raumes eine Kerze auf und zündete diese an. Der Lichtschein erfüllte den Saal bis in den letzten Winkel.

Der König war ergriffen und kürte den jüngeren Sohn auf der Stelle zu seinem Thronfolger. Der ältere Sohn hatte alles Gold ausgegeben, um den Raum mit Abfall zu füllen, der zu nichts zu gebrauchen war. Der Jüngere aber hatte nicht mal eine Goldmünze ausgeben, um mit dem Licht den Raum zu verzaubern, den Festsaal erhellt und damit die Herzen der Menschen erwärmt.

36

Die drei Geschwister
(Malaysia)

Es waren einmal drei sehr ungleiche Geschwister: die Sonne, der Mond und der Hahn. Sie lebten zusammen im Himmel. Die Sonne und der Hahn mochten sich sehr, es gab nie Ärger oder Missverständnisse zwischen ihnen. Der Mond hingegen kam mit dem Hahn überhaupt nicht zurecht. Darum eckten sie ständig an und stritten permanent. Als die Sonne ihrer Arbeit nachging und auf die Erde leuchtete, trug der Mond dem Hahn wie so häufig auf, ihn zu bedienen:

"Los Hahn, bring mir sofort etwas zu Essen und dann machst du hier sauber." Der Hahn mochte nicht streiten und gab stets nach. Aber egal wie sehr er sich auch anstrengte, der Mond fand immer einen Grund zu nörgeln. Er konnte ihm nichts recht machen. Das Essen war zu kalt, oder nicht gut gewürzt, die Teller nicht richtig sauber oder das Licht zu dunkel. Der Mond war so übellaunig und zornig, dass er den Hahn packte und ihm Federn ausriss, um ihn dann anschließend vom Himmel auf die Erde zu werfen.

Als später die Sonne nach Hause kam, fragte sie wo der Hahn sei. Der Mond beichtete ihr ohne Reue seine Tat. Da überlegte die Sonne, wie sie das Problem lösen könne, damit alle drei zukünftig friedlich leben können. Sie grübelte und grübelte und entschied, dass eine Trennung das vernünftigste wäre. Also rief sie den Mond zu sich und sagte: „Lieber Mond, ich habe lange überlegt, aber ich denke, wir können nicht länger zusammen leben. Ich habe Sorge dass etwas schlimmes passiert, wenn ihr zwei alleine seid. Darum wird der Hahn ab jetzt auf der Erde leben. Ich werde zusammen mit dem Hahn am Tag unterwegs sein, und du ziehst deine Bahn in der Nacht.

Dadurch verhindern wir das allerschlimmste was es gibt: Streit, Zank, Ärger und Wut." Der Mond willigte ein.

Seit dieser Zeit weckt der Hahn am frühen Morgen mit seinem Kikiriki die liebe Schwester Sonne und sie genießen den Tag miteinander. Der Hahn auf der Erde, die Sonne am Himmel. Wenn es Abend wird kehrt der Hahn in seinen Stall zum Schlafen zurück und die Sonne in den Himmel.

Dann kommt die Zeit des Mondes. Er strahlt sein kühles Licht auf die Erde und regiert über die einsame Nacht und die Sterne.

Die sieben Schwerhörigen

(Kambodscha)

Es war einmal ein Ehepaar, das machte sich auf den Weg, um seine Geschwister in einem entfernten Dorf zu besuchen. Unterwegs stießen sie auf einen Mann, der gerade dabei war seinen Ochsen vor den Karren zu spannen, um sein Feld zu bearbeiten. Er war schwerhörig, wie der gesamte Rest seiner Familie.

Die Frau sagte zu ihm: „Hallo mein Guter, kannst du uns den Weg in das Dorf unserer Geschwister erklären, wir waren schon so lange nicht mehr dort und wissen die Strecke nicht mehr genau." Da erwiderte der Angesprochene aufgebracht: „Was? Das sind meine Ochsen! Sie sind aus meinem Stall. Den einen habe ich von meiner Schwiegermutter bekommen und den anderen gab mir mein Vater. Wie könnt ihr es wagen, zu behaupten ich hätte sie gestohlen?"

Das Ehepaar wunderte sich. Der Mann sagte zu seiner Frau „ Wir fragen ihn nach dem Weg und er redet von seinen Ochsen und wird auch noch unfreundlich! Lass uns einfach weiter gehen, wir finden das Haus schon. Wir wollen nichts mehr mit ihm reden." Also gingen sie weiter. Der Taube schüttelte den Kopf und pflügte fleißig weiter sein Feld.

Am Mittag kam seine schwerhörige Frau um ihm sein Mittagessen zu bringen. Da erzählte der Mann ihr voller Zorn von seinem Erlebnis: „Stell dir vor, am Morgen war ein Paar bei mir und beschuldigte mich, ich hätte die Ochsen gestohlen! Dabei sind die zwei Ochsen von meinen Eltern." Die Frau aber, konnte nur versuchen von seinen Lippen abzulesen und spürte die Wut hinter seinen Worten. Sie erwiderte verärgert: „Das ist ja wohl die Höhe! Ich koche den ganzen Morgen für dich und schleppe dir sogar das Essen aufs Feld und nun muss ich mir anhören, ich hätte einen Geliebten? Wo soll der denn sein? Und wer sollte das bitteschön sein?" Während seine Frau sprach, aß der Bauer gierig und hörte gar nicht, was sie sagte. Als sie plötzlich aufbrach, wunderte er sich: „Wohin so eilig? Was gibt es so dringendes zu Hause zu erledigen?" Sie sprach: "Ich werde meinen Eltern erzählen, wie du mich behandelst."

Sie ging sofort zu ihrem Elternhaus und sagte verärgert zu ihrer Mutter: „Dein Schwiegersohn spinnt! Heute gehe ich auf das Feld um ihm Mittagessen zu bringen, da beschuldigte er mich doch tatsächlich, ich hätte einen Geliebten!"

Die Mutter wurde knallrot im Gesicht und sagte wutentbrannt: „Ach, so ist das also! Ich darf hier die Drecksarbeit in deinem Haushalt machen und unterstütze dich wo ich nur kann und nun wirfst du mir vor dich bestohlen zu haben? Mein eigene Tochter! Wie kannst du nur so zu mir sprechen? Hast du keinen Respekt? Ich hätte deinen Tabak genommen und ihn gegen Kokosnussfasern eingetauscht. Nicht eine Prise habe ich angerührt. Warte bis dein Vater nach Hause kommt, dann bekommst du eine Abreibung, die sich gewaschen hat.

Als ihr Mann später kam, erzählte die Frau ihm: „Unsere Tochter war auf dem Feld ihrem Mann Essen bringen. Ich hütete derzeit ihr Haus und als sie zurückkam sagte sie doch tatsächlich, ich hätte ihren Tabak gestohlen! Ich bin so wütend auf sie!"

Der Mann hörte auch nicht gut und antwortete: „Das ist ja ein Ding! Wie kann man nur so eifersüchtig sein? Du weißt genau, ich war im Wald Bäume fällen, um daraus Pfosten für einen Zaun herzustellen. Ich hätte mich schick gemacht, um eine andere Frau zu besuchen? In der Arbeitskleidung? Du weißt ja nicht was du redest, Frau. Komm mir ja nie wieder mit deiner Eifersucht, sonst kannst du was erleben!" Die Frau hingegen hatte gar nicht mitbekommen, dass er etwas gesagt hatte, denn sie drehte ihm gerade den Rücken zu. Danach aßen sie zusammen zu Abend. Später ging er zum Angeln und kehrt mit einigen Fischen zurück. Diese briet seine Frau für das Abendessen und den Rest wollte sie am kommenden Morgen ihrem jüngsten Sohn ins Kloster bringen. Er lebte zur Zeit dort, um lesen und schreiben zu lernen.

Als sie am Morgen dort eintraf, war sie glücklich ihr Kind zu sehen und sagte:
„Ich denke so oft an dich, mein Sohn. Du fehlst mir. Wie kommst mit dem Lernen voran?" Der junge Mönch antwortete: „Ach, ganz gut, Mut-

ter. Es gefällt mir jeden Tag besser hier. Ich denke ich werde für immer im Kloster bleiben." Sie rief: „Prima, Junge. Komm doch für einen Tag nach Hause, der Vater hat auch Sehnsucht nach dir." Der Sohn antwortete: „Die Mönche haben zwei Trockenfische in der Zelle. Abends nehme ich sie, bereite sie zu und esse sie mit Reis." Die Mönche die in der Nähe saßen und das Gespräch der Beiden mitbekamen, konnten nicht anders als lauthals loszulachen.

Als die Frau am frühen Abend wieder nach Hause zurück kehrte, sagte sie: „Guten Abend, ich grüße dich" zu ihrem Mann. Der erwiderte:" Nein, nein, ich sah, dass noch Reis und Suppe im Topf sind, das habe ich gegessen."

Am späten Abend kam die jüngere Schwester des Mannes zu Besuch. Sie hatte mehrere Ingwerwurzeln und einen Topf mit Früchten dabei. Die gab sie dem Bruder und sagte: " Wieviel Feld hast du gepflanzt und geerntet?" Da antwortete er: „Ja natürlich. Es wird auch Zeit, dass deine Tochter heiratet. Aber pass gut auf, dass der Kerl nicht nur Karten spielt, Opium raucht und Schnaps trinkt!"

Die jüngere Schwester, die auch nichts verstand, sprach:"Oh, das tut mir leid. Meine Kürbisse standen gut, es zeigen sich schon Blüten und Fruchtknoten. Plötzlich kam ein Schwein und hat sie ausgewühlt und nun sind alle hin." Die beiden antworteten: „Dann geh besser gleich heim, bevor dein Kind noch weint und nach dir sucht. Es ist schon spät!"

Die jüngere Schwester ging nach Hause.

Wer wird neuer Kaiser?

(Vietnam)

Es war einmal ein alter Kaiser namens Hung-Vuong, der hatte fünf Söhne. Die Entscheidung, welcher der Söhne sein Nachfolger werden solle, fiel ihm schwer. Also sagte er gegen Ende des Jahres: „Derjenige von Euch, der mir das beste Essen serviert, wird der zukünftige Kaiser"

Die Söhne machten sich auf die Suche nach ausgefallenen Speisen. Natürlich musste es etwas ganz besonderes sein. Vielleicht ein köstlicher Vogel, den der Kaiser noch nicht kannte oder ein anderes Tier, das wohlschmeckend war.

Der Jüngste der Söhne Tiet-Lieu hingegen, überlegte nicht lange. Er blieb zu Hause bei seiner Familie. Er hatte nicht, wie seine großen Brüder, in der Stadt die unterschiedlichsten Künste studiert, sondern liebte es, mit seiner Frau und den Kindern das Land zu bewirtschaften.
Einige seiner Brüder gingen auf die Jagd, um erlesenes Wild zu schießen, andere fuhren zur See, um prächtige Meeresfrüchte zu fischen.

Diese bereiteten sie zu einem köstlichen Mahl.Dafür war ihnen kein Weg zu weit oder beschwerlich.

Als Tiet-Lieu zurück zu seiner Familie aufs Land kehrte, sah er unterwegs, dass sein Reis reif war und geerntet werden konnte. Er pflückte einen Halm und zerrieb die reifen Körner, von denen ein herrlicher Duft ausging. Dann holte er seine Familie und sie gingen gemeinsam auf die Reisfelder um die Ernte einzufahren. Er mahlte die Klebreiskörner zu feinem Mehl und seine Frau bereitete mit Wasser einen wohlschmeckenden weichen Brei daraus. Die Kinder machten inzwischen Feuer und formten kleine Bällchen aus dem Brei, die sie mit Blättern umwickelten. Es gab zwei Sorten. Runde Reisbällchen aus Klebreis „banh day" und quadratische aus einer Mischung aus Reis und grünen Bohnen „banh chung. So wurden die kleinen Kuchen in Blätter gerollt im Feuer gegart.

Zu Frühlingsanfang, an seinem Geburtstag, ließ der Kaiser seine Söhne zu sich kommen, um die Speisen zu probieren. Ein Prinz brachte Hummer, einer gebratenen Pfau als Geschenk, ein anderer Fisch mit Gemüse. Alle Gerichte waren hervorragend zubereitet und vorzüglich im Geschmack.

Als Tiet-Lieu an der Reihe war, seine Geschenke zu überreichen, brachte er das "banh chung" und seine Frau das "banh day" zum Kaiser. Die Brüder sahen die schlichten, bürgerlichen Speisen und lachten ihn aus. „So wirst du nie Kaiser!", riefen sie.

Der Kaiser probierte in Ruhe alle von seinen Söhnen mitgebrachten Speisen.

Er überlegte lange und entschied dann, dass die beste Mahlzeit die von Tiet-Lieu sei.

Der Kaiser sprach: „Reis - das ist das Grundnahrungsmittel unseres Volkes. Dieses Gericht verkörpert die Einfachheit und die pure Reinheit. Das ist das bedeutungsvollste Geschenk, das man mir machen konnte.

Ich möchte das Tiet-Lieu der nächste Kaiser dieses Landes wird."

Die anderen Brüder gratulierten dem zukünftigen Kaiser und verbeugten sich voller Ehrfurcht und Respekt vor ihm.

Das Zauberamulett
(Thailand)

Es war einmal ein weiser Abt namens Yien, der lebte im Norden Thailands im Bezirk Chiang Mai im großen Tempel der Pagode. Viele Mönche, Tempeldiener und Tempelschüler lebten dort und studierten die Sutras. Yien aber glaubte auch an Zauberei, Magie und Wundertaten. Er hatte in einer alten, abgelegenen und verwahrlosten Bibliothek ein magisches Buch mit Zaubersprüchen gefunden, in dem er fortan täglich las. Es enthielt eine Beschwörungsformel mit der man ein Zauberamulett fertigen konnte. Er wollte sich selbst verhexen, um ein großer Zauberer zu werden, dem alles gelang. Ein Amulett hatte er bereits und nun saß er tagein und tagaus davor und murmelte ihm die Beschwörungsformeln zu. Nach vielen Tagen hatte er das Gefühl, dass sein Zauber Wirkung zeigte. Er rief einen jungen Tempelschüler namens Pok zu sich. „Setz dich in die Ecke und schau dem Meister zu", befahl ihm der Abt. Er flüsterte wieder und wieder die Beschwörungsformel und bald dachte er, der Zauber sei geglückt. Also fragte er den

Jungen: "Hey, Pok, siehst du mich noch?" Dieser antwortete verwirrt: „Ja, ich sehe dich!" Seltsam, dachte sich der Weise. Er war sicher gewesen, nun unsichtbar zu sein. Er musste etwas falsch gelesen haben. Er versuchte es erneut und wieder rief er seinen Schüler Pok herbei, damit dieser ihm zuschaut. „Und, siehst du mich? Sag schon." fragte der Weise. Pok rief: „Ja, Meister ich sehe dich". Es musste ihm ein Fehler unterlaufen sein, der Abt versuchte es wieder und wieder und wieder. Und jedes mal rief er seinen Tempelschüler Pok herbei, bekam aber immer die gleiche Antwort. Es war zum Verzweifeln. Der junge Pok hatte inzwischen wenig Lust seinem Meister zuzuschauen, während seine Freunde sich die Zeit im Garten vertrieben. Er würde lieber spielen oder mit den anderen Jungs herumtollen. Der Weise rief ihn aber immer wieder herein, da nahm Pok sich vor, das nächste Mal: „Ich sehe dich nicht." zu antworten. Damit würde er wohl endgültig seine Ruhe vor dem Abt haben und ungestört spielen können.

Es dauerte nicht lange, da rief ihn Yien wieder zu sich. Er murmelte eine halbe Ewigkeit die Zauberformeln vor sich hin, um dann zu fragen:

51

„Pok, siehst du mich?" Der Tempelschüler hatte das langweilige Herumsitzen jetzt endgültig satt und sagte: „Nein, ich sehe dich nicht!" Der Abt blickte erstaunt und freudig zugleich auf und rannte in eine andere Ecke des Raumes. Er rief wieder: „Los Pok, siehst du mich?" Dieser schaute im Zimmer herum und tat so, als sei der Weise unsichtbar und sagte dann:"Nein, Meister, ich sehe dich nicht!" Yien sprang von Ecke zu Ecke, von links nach rechts, hin und her und rief immer und immer wieder: „ Siehst du mich, siehst du mich?" Pok erwiderte stets: „Nein". Der Weise war überglücklich, er hatte es geschafft. Er konnte sich unsichtbar machen.

Er entließ Pok.

Dieser atmete auf. Ein wenig plagte ihn das schlechte Gewissen, seinem Herrn diesen Streich gespielt zu haben. Aber er konnte endlich mit seinen Freunden wieder draußen herumtoben, ohne ständig gestört zu werden.

Der Weise vertiefte sich wieder in sein magisches Buch. Es musste noch Größeres und Mächtigeres möglich sein! Nun konnte ihm alles gelingen. Er war jetzt ein großer Zauberer mit einem mächtigen Amulett, dass jeden Wunsch erfüllen konnte.

Ich möchte fliegen können wie ein Vogel, dachte er und stieg auf einen nahegelegenen kleinen Turm. Dort sprach er die Beschwörungsformel - allerdings nur ein einziges Mal. Dann sprang er in die Luft, stürzte sich vom Dach und bewegte die Arme wie Flügel. Die Luft konnte ihn natürlich nicht tragen und er fiel wie ein Stein zu Boden. Er lag reglos am Boden, als einige Tempelbewohner herbei eilten. Sie knieten nieder, um ihm zu helfen. Glücklicherweise war der Abt noch am Leben und nur bewusstlos. Als er wieder bei Sinnen war, wimmerte er vor Schmerz. Die Schüler fragten ihn, warum er denn vom Turm gesprungen sei. Er antwortete seufzend: „Pok hat mich glauben lassen, ich hätte ein Zauberamulett. Nun sind meine Arme und Beine gebrochen. OHHHH. Mein armer Körper!"

Du siehst, es ist nicht gut jeden Blödsinn zu glauben. Verlass dich nicht blind auf das, was andere sagen.

Der schlaue Betrüger

(Laos)

Xiangmiong war ein schlauer Betrüger. Er war so clever, dass der König ihn für seine Arbeit am Hof einstellte. Der König dachte, es wäre gut ihn auf seiner Seite, in seinem Dienst zu haben, aber ganz wohl war ihm bei der Sache nicht. Nach einiger Zeit wollte er ihn gerne auf elegante Art und Weise wieder los werden und so dachte er sich einen Plan aus, um den Gauner auszutricksen.

Er versammelte alle Bediensteten und rief:
"Ich möchte heute ein Spiel vorschlagen. Wer kann mich dazu bringen, freiwillig in den Teich zu springen? Derjenige der das schafft, erhält eine Belohnung."

Keiner der Anwesenden traute sich, etwas vorzuschlagen. Der König war schließlich der mächtigste Mann im ganzen Königreich. Niemand hatte den Mut, ihn herauszufordern. Da sprach der König Xiangmiong an:
"Was ist mit dir, Xiangmiong? Du bist doch der

Klügste hier unter uns, oder? Du hast doch sicher eine Idee?"

Xiangmiong gab sich zurückhaltend und erwiderte höflich:

"Eure Majestät, ich bin nur einer von vielen. Euer kleiner bescheidener Diener. Ich würde es niemals wagen, etwas dieser Art zu unternehmen. Ihr im Teich? Niemals würde ich mich das trauen."

Der König freute sich über diese Antwort und war geschmeichelt. Plötzlich antwortete Xiangmiong:

"Eure Majestät, ich würde es niemals wagen, Euch in den Teich springen zu lassen. Aber solltet ihr schon drinnen sein, würde ich Euch dazu bewegen können, wieder heraus zu kommen."

Daraufhin grinste der König und sagte: "So, so, da bin ich gespannt, wie ihr das erreichen wollt", und sprang in den Teich. Er freute sich insgeheim, denn das würde dem Betrüger nicht gelingen. Das Spiel würde er gewinnen und den Verlierer dafür bestrafen lassen. Somit wäre er den Gauner endlich los.

Also sagte er: "Leg los, Xiangmiong. Jetzt lass

mich aus dem Teich kommen."Xiangmiong lächelte und sagte: "Eure Majestät, ich habe Euch gerade dazu gebracht, in den Teich zu springen. Wo ist meine Belohnung?"

Der klatschnasse und vor Kälte bibbernde König erstarrte. Es war nicht zu fassen, der Schurke war schlauer als er und hatte ihn wieder einmal ausgetrickst.

Ob es ihm jemals gelingen würde ihn zu überlisten?

Der Flötenspieler

(Burma)

Es war einmal ein reicher Mandarin, der hatte ein wunderschöne Tochter. Jedermann sprach von ihrer Schönheit, die weit über die Grenzen des Landes bekannt war.

Darum sorgte sich der Vater um seine geliebte Tochter und ließ sie zu ihrem eigenen Schutz nicht mehr aus ihrem großen Schlafzimmer heraus. Sie lebte in einer prächtigen Halle im obersten Stock eines riesigen Palasts, welche auf einem Hügel direkt am Fluss stand. Der Mandarin versorgte sie mit allem was sie sich nur wünschte. Sie trug Kleider aus reiner Seide, hatte eigene Dienerinnen und bekam die feinsten Speisen aufgetischt. Ihr Vater lud die besten Dichter und Musiker der Stadt ein, damit sich die schöne Tochter nicht langweilte. Es fehlte ihr an nichts.

Dennoch war sie eingesperrt und hatte nicht die Möglichkeit die Natur zu bewundern. Sie wusste nicht, wie es ist, barfuß über das feuchte Gras zu gehen oder im kühlen Fluss zu schwimmen. Sie sah die hellen Sonnenstrahlen nur durch das Fenster ihres Zimmers. Auch wusste sie nicht, wie es sich anfühlt unter Menschen zu sein, herumzutoben, sich mit Fremden zu unterhalten und Freundschaften zu schließen. Sie kannte nur ihre langjährigen treuen Dienerinnen.

Eines Tages schaute die Schöne wie so oft sehnsüchtig aus ihrem Fenster auf den Fluss hinunter und beobachtete die kleinen Schiffe die dort

schwammen. Ein kleines Boot legte in weiter Entfernung an. Sie konnte einen jungen Mann erkennen, der seine Flöte aus der Tasche zog und zu spielen begann.

Es war die schönste Melodie die sie je gehört hatte. Voller Sanftmut und Güte, die ihr Herz erwärmte. Sie war wie verzaubert von der Musik und begann sich vorzustellen, wie der junge Mann wohl aussah. Sicherlich war er wunderschön und aus einer angesehenen Familie. Es musste so sein, niemand sonst könnte so einfühlsam die Flöte spielen. Sie stand den ganzen Tag am Fenster und lauschte der Melodie. Sie träumte von dem gut aussehenden Matrosen, wie er sie auf eine Bootsfahrt einlud und ihr ins Boot half. Wie sich dabei ihre Hände berührten und ihre Blicke sich trafen. Er legte beschützend einen Arm um sie, wenn sie sich ängstigte und zusammen erlebten sie all die Dinge, die sie nur aus den Gedichten kannte. Sie spazierten gemeinsam durch die Wälder und aßen frische Beeren und schlenderten Hand in Hand durchs hohe Gras. Sie wurde am Morgen von den Turmbläsern aus ihren Träumen geweckt und sprang sofort ans Fenster, um nach dem Matrosen Ausschau zu halten.

Da war er wieder, ihr Herz schlug schneller. Sie hörte sein sanftes Flötenspiel. Er war bestimmt nicht nur schön, sonder sicher auch stark und mutig. Von nun an stand sie Tag für Tag am Fenster und verlor sich in seiner Musik und ihren Träumen. Sie ließ ein paar Blütenblätter in den Fluss fallen, in der Hoffnung, sie würden zu dem schönen Matrosen treiben und er würde aufmerksam auf sie.

Der Bootsfahrer bemerkte die Blüten und erkannte in der Ferne ein Mädchen am Fenster, dass seiner Musik lauschte. Von nun an legte er noch mehr Gefühl in seine Lieder und spielte so anmutig wie nie zuvor.

Eines Tages kam ein reicher Kaufmann über den Fluss und fragte den Flötenspieler für wen er so liebreizend musiziere. Dieser zeigte verlegen auf das Fenster mit der schönen Tochter: „Schau, dort das Mädchen am Fenster, sie lauscht meiner Musik und wirft tagtäglich Blütenblätter für mich in den Fluss." Der feine Herr begann schallend zu lachen und fragte: „Weißt du nicht wer dort lebt? Es ist das schönste Mädchen des Landes, die Tochter des Mandarins. Ihre Verehrer sind reich und mächtig, sie kommen von überall her und bitten um ihre Hand. Wie kannst du nur glauben, sie begehre dich?"

Dem Matrosen wurde schlagartig klar, dass er sich etwas vorgemacht hatte. Er wendete sein Boot und fuhr nach Hause. Dort beschloss er, nie mehr auf diesem Fluss zu fahren und auch nicht mehr an das Mädchen zu denken.

Die Tochter des Mandarin wartete von nun an vergeblich am Fenster und wurde immer trauriger. Sie wollte nichts mehr essen, wurde immer dünner und irgendwann krank. Kein Arzt konnte sie heilen. Ihr Vater machte sich große Sorgen. Da erzählte sie ihm von dem Matrosen und wie sehr er mit seinem Flötenspiel ihr Herz berührt hatte. Der Mandarin ließ daraufhin überall im Land nach ihm suchen und nach einiger Zeit brachte man den verängstigten jungen Mann zu ihm. Dieser wollte wissen, welche Straftat er begangen hätte und warum man ihn hier her schleppt. Der Mandarin berichtete von seiner verliebten Tochter und wie krank sie seinetwegen sei. Er sagte: „Ich will nur das Beste für mein Kind und wenn ihr Herz für dich schlägt, so will ich euch nicht im Wege stehen und in eine Ehe einwilligen." Das Herz des Matrosen machte einen Freudensprung. Sollte das wahr sein? Würde er nun doch das schöne Mädchen zur Frau bekommen? Was für ein Glück er doch hatte. Er flötete die schönste Musik und bald hörte das Mädchen in ihrem Zimmer die leisen, zarten Klänge. Sie konnte es kaum glauben, der wundervolle Matrose aus ihren Träumen war zu ihr gekommen. Sie erkannte die Melodie sofort und ging herunter in die Halle. Als sie ihn erblickte, erstarrte sie. Nein, das konnte nicht sein. Der Mann sah ganz anders aus als in ihrer Phantasie. Ganz anders.

Er war hässlich, er gefiel ihr überhaupt nicht. Sie war schockiert. Wie albern von ihr zu glauben, nur weil er gut Flöte spielen konnte, sei er auch schön. Wie hatte sie sich nur in diese Träumereien verstricken können?

Sie lächelte höflich, bedankte sich für die Musik und sagte, er würde von ihrem Vater für seine Mühe entlohnt. Dann ging sie wieder hinauf in ihr Zimmer.

Wie dumm sie doch gewesen war. Ab heute würde sie nie wieder am Fenster sitzen und sich nach etwas Entferntem sehnen.

Der arme Matrose aber hatte sich bei ihrem Anblick unsterblich in die Schöne verliebt. Es brach ihm das Herz, dass sie ihn wegschickte. Immer wenn er fortan ins Wasser des Flusses blickte, sah er ihr entzückendes Gesicht.

Eines Tages war er verschwunden. Das ganze Dorf suchte ihn überall, aber er blieb verschollen. An seinem Bett, dort wo immer seine Flöte gelegen hatte, lag jetzt ein Stück prächtige Jade. Der Steinmetz des Dorfes nahm sie an sich und stellte einen herrlichen Kelch daraus her.

Nach einigen Jahren, suchte der Mandarin ein Geschenk für seine schöne Tochter. Er entdeckte dieses wunderschöne und wertvolle Trinkgefäß aus Jade und kaufte es dem Steinmetz für viel Geld ab.

Als seine Tochter daraus trank, spiegelte sich in der Wasseroberfläche der Matrose in seinem Boot, von dem sie vor Jahren geträumt hatte. Sie erinnere sich an die Freude die sie damals empfand und hörte in ihrem Inneren die sanfte Musik der Flöte erklingen. Nie wieder hatte sie jemanden so geliebt und nie wieder hatte sie eine Melodie derart berührt.

Zwei ungleiche Freunde
(Indien)

An einem Fluss in Indien lebte einst ein Affe auf einem großen Baum, der das ganze Jahr über süße Beeren hervorbrachte. Der Affe liebte diese Früchte über alles und so war er rundum zufrieden mit seinem Leben. Eines Tages sprach ihn ein Krokodil aus dem Fluss an. Es begrüßte ihn freundlich und da der Affe ein wohlerzogenes Tier war, antwortete auch er höflich. Das Krokodil fragte: „ Weißt du vielleicht, wo ich etwas zu essen finden kann? Ich habe seit 2 Tagen nichts mehr gespeist, denn es gibt kaum noch Fische im Fluß". Der Affe war großzügig, denn er hatte ausreichend Beeren auf seinem Baum, somit warf er dem Krokodil von den süßen Früchten ins Maul. Normalerweise essen Krokodile kein Obst, aber diesmal machte das Reptil eine Ausnahme. Diese Früchte waren einfach zu lecker!

Von dieser Stunde an trafen sich der Affe und das Krokodil täglich bei Wind und Wetter. Es entstand eine innige Freundschaft. Sie konnten über alles reden und verstanden sich prächtig.

Die Frau des Krokodils hatte inzwischen immer größeren Hunger und schlug ihrem Mann vor, sie könne doch den Affen fressen. Das Krokodil war entsetzt. Der Affe war sein bester Freund, dies konnte er auf keinen Fall zulassen.

Aber seine Frau wollte er auch nicht verlieren, denn sie war fast am verhungern. Er liebte seine Frau, aber auch den Affen hatte er als Freund sehr lieb gewonnen. Er war verzweifelt, was sollte er nur tun?

Seine Frau sprach mittlerweile von nichts anderem mehr, als davon, den Affen fressen zu wollen.

Am nächsten Tag ging er zum Affen und lud ihn zu sich nach Hause zum Essen ein. Der Affe freute sich sehr darüber und sprang glücklich auf den Rücken des Krokodils. So schwammen sie Richtung Mahlzeit. In der Mitte des Flusses konnte das Krokodil nicht umhin, den Affen einzuweihen. „Meine Frau will dich töten, sie hat Hunger und will dein Herz fressen." Der

Affe war viel schlauer als das Krokodil und sagte sogleich: „Ach so, warum hast du das nicht früher gesagt, nun habe ich mein Herz zuhause auf dem Baum gelassen. Jetzt müssen wir umkehren und es holen." Das Krokodil machte also kehrt und brachte den Affen zurück zu seinem Baum. Dieser sprang hoch in die Äste und rief: „ Was bist du doch für ein dummes Krokodil. Ich vertraue dir nie wieder! Du wolltest mich deiner Frau ausliefern, damit sie mich frisst. Du hast mir mein Herz gebrochen. Wie konntest du mich so betrügen? Ich werde nie wieder die Früchte meines Baumes mit dir teilen und ich will dich niemals wiedersehen. Verschwinde!"

Das dumme Krokodil schwamm davon, es hatte alles verloren. Nun hatte es keine Früchte, keinen Freund und keine Frau.

Der Schlaue und der Ängstliche

(Sri Lanka)

Es waren einmal zwei Brüder. Der Älteste hieß Kiran und war sehr klug, schön und geschmeidig, der Jüngere namens Amar war ungebildet, unansehnlich und schwerfällig. Darum bevorzugte der Vater seinen Erstgeborenen. Die Mutter allerdings verwöhnte und umsorgte ihren Jüngsten stets mit besonderer Liebe. So geschah es, dass Kiran zu einem stattlichen, mutigen Mann heranwuchs und Amar bei allen als der ängstliche Dorftölpel bekannt war.

Der Vater sagte eines Tages zu seinem Ältesten: „Zieh hinaus in die Welt, lieber Sohn. Ich gebe dir genug Nahrung, Waffen und Gold mit auf den Weg. Du kannst es mit deinen Talenten in der großen Welt zu etwas bringen!"

Daraufhin verließ Kiran sein Elternhaus. Er marschierte los und kam nach einiger Zeit in eine glanzvolle, fürstliche Stadt. Er fand Arbeit im königlichen Palast und verschaffte sich in Kürze großes Ansehen bei allen Beamten und Ministern. Ein Berater des Königs empfahl ihn wegen seiner Tüchtigkeit und Schläue sogar dem Herrscher als zukünftigen Schwiegersohn.

Die Eltern von Kiran erfuhren von seinem Glück und waren überaus stolz und zufrieden. Da kam ihnen die Idee, auch den Jüngsten in die weite Welt zu senden.

Der Vater sagte: „Wer weiß wofür es gut ist? Lassen wir ihn ebenfalls ziehen. Vielleicht wird ja noch was aus ihm. Nur Waffen werde ich ihm nicht mitgeben, nachher verletzt er sich noch damit, so ungeschickt wie er ist. Geld gebe ich ihm auch keines, das verliert er nur." Die Mutter stimmte widerwillig zu und so war es beschlossene Sache.

Amar zog mit ein wenig Kuchen und Reis, den die Mutter ihm mitgab, von dannen. Auch er kam nach einiger Zeit zu der prächtigen Stadt, in der sein Bruder am königlichen Hofe diente. Er wollte ihm einen Besuch abstatten und war voll Freude, ihn wiederzusehen.

Kiran tat so als würde auch er sich über seine Ankunft freuen, aber in Wirklichkeit war es ihm unangenehm. Er wollte am liebsten im Erdboden versinken, so schämte er sich für seinen Bruder. Er dachte angestrengt darüber nach, wie er ihn wieder loswerden könnte. Da erreichte ihn eine Nachricht eines benachbarten Königreiches.

Diese besagte, dass dort ein Leopard wütete, der Menschen und Tiere angriff und dass der Herrscher des Landes in großer Sorge sei. Kein Mann hatte es bis jetzt geschafft, das Tier zu erlegen. Darum hatte er eine reiche Belohnung in Aussicht gestellt für den, der das Raubtier bezwinge.

Da ging Kiran zu den Abgesandten des Nachbarlandes und rief: „Oh, ich weiß jemanden, der das kann! Mein Bruder ist sehr gewandt, mutig und schlau. Es wird ihm eine Ehre sein, euch aus eurer Not zu befreien." Die Botschafter waren erfreut darüber und konnten es kaum abwarten, Amar kennen zu lernen. Sie wollten keine Zeit verstreichen lassen und ohne weitere Fragen zu stellen, setzten sie Amar auf einen Elefanten und nahmen ihn mit. Im Königreich angekommen, führten sie ihn vor den Herrscher und erklärten: „Majestät, wir haben einen Jüngling gefunden, der mutig genug ist, den Kampf gegen den Leoparden aufzunehmen! Er hat einen scharfen Verstand, mit dem er mangelnde Kraft ausgleicht." Der Herrscher fragte daraufhin, was Amar alles benötige, um den Leoparden zu besiegen. Gleich was es sei, er bekäme es. Bis dahin sei er Gast des Königs.

Amar sagte: „Gut, dann brauche ich einen großen Käfig, Pfeil und Bogen und Speere. Und ich benötige genug Essen und Trinken, dass es für 3 Monate reicht."

Alle wunderten sich über seine Wünsche. Wollte er den Leoparden einfangen und in den Käfig sperren? Was hatte er vor? Der König aber erklärte sich bereit all die Dinge für ihn zu besorgen.

Amar wurde von allen Bürgern für seinen Mut geachtet und respektiert. Auch die Töchter des Herrschers zollten ihm ihren Respekt. Besonders die älteste Tochter mochte er sehr. Sie war herzensgut und liebreizend, aber in jungen Jahren leider erblindet. So konnte sie nicht sehen, dass

Amar nicht besonders schön war. Sie mochte seine ruhige Art und seine angenehme Stimme und sie erwärmte sich mehr und mehr für ihn. So verbrachten sie viele angenehme Stunden im Palast, bis der König eines Tages mitteilen ließ, er hätte nun alles Gewünschte für ihn bereit gestellt, er könne nun in die Schlacht ziehen. Amar hatte über die schöne Prinzessin ganz seinen eigentlichen Auftrag vergessen.

Alle Waffen, der Käfig sowie die Lebensmittel samt Amar wurden auf die Elefanten geladen und die Karawane setzte sich in Bewegung. Sie ritten tief in den Dschungel an einen Ort, an dem der Leopard vermutet wurde. Der ängstliche Jüngling ging zu einem Baum auf einer Lichtung und gab seinen Dienern den Auftrag den Käfig samt Waffen und Nahrung an einem Ast hochzuziehen. Er selbst setzte sich ebenfalls in den Käfig, denn von hier aus hatte er einen guten Blick auf das umliegende Land.

Amar dachte: „So, hier bin ich geschützt und habe Nahrung genug. Warten wir mal ab was geschieht." Viele Tage saß er in seinem Käfig, schlief oder aß und trank von den Speisen und träumte von der schönen Prinzessin.

Eines Morgens hörte er Geräusche aus dem Dickicht, dann ein unheimliches Gebrüll. Plötzlich sah er den Leoparden durch die Büsche schleichen. Amar bekam fürchterliche Angst und fing am ganzen Leib an zu zittern. Das Raubtier wit-

terte ihn und schoss wie ein Blitz über die Lichtung auf den Baum zu. Der Leopard setzte gerade zum Sprung an, da entglitt Amar der Speer aus seiner zitternden Hand, fiel durch das Gitter des Käfigs und traf genau den Kopf des Tieres. Das verwundete Raubtier brüllte entsetzlich und rannte zurück in den Dschungel.

Die Jäger, die Amar begleiteten und in sicherer Entfernung alles beobachtet hatten, versuchten die Fährte aufzunehmen. Der Leopard aber blieb verschwunden, es gab keine mehr Spur von ihm.

So kehrten sie um und hielten Einzug in die Stadt wie erfolgreiche Großwildjäger oder Heeresführer, die eine Schlacht gewonnen hatten. Das Ereignis hatte sich schnell herumgesprochen. Auf dem Platz vor dem großen Palast sammelten sich immer mehr Menschen an, um Amar willkommen zu heißen. Sie standen dicht gedrängt, jubelten ihrem Helden zu und feierten ihn.

Die Ratgeber des Herrschers schlugen dem König eine Vermählung seiner blinden Tochter mit dem tapferen Amar vor.

Die beiden Liebenden waren sehr glücklich darüber, wie das Schicksal sich gefügt hatte.

Die schlaue Prinzessin unterrichtete Amar, so dass auch er im Laufe der Zeit nicht nur an Geschicklichkeit, sonder auch an Klugheit gewann.

Die schlaue Krähe

(Pakistan)

Es war einmal eine Krähe. Sie flog den ganzen Tag umher und wurde sehr durstig. Sie suchte überall, um ihren Durst zu stillen, konnte aber nirgends eine kleine Wasserstelle finden. Endlich nach vielen Stunden, stieß sie auf einen Brunnen. Dieser war so tief, dass sie nicht an das Wasser heran kam. Aber dann sah sie neben dem Brunnen einen schmalen, hohen Krug stehen, der ein wenig Wasser enthielt. Die Öffnung war aber zu eng, um hineinzukriechen. Sie versuchte mit dem Schnabel an das Wasser zu kommen, aber es gelang ihr nicht. Da hatte sie eine Idee. Um den Brunnen herum lagen viele kleine Steine. Sie nahm einen nach dem anderen in ihren Schnabel und warf sie in den Krug. Dadurch stieg das Wasser höher und höher. Sie tat dies so lange, bis sie mit ihrem Schnabel die Flüssigkeit darin erreichen konnte. Nun durfte sie endlich von dem köstlichen, kühlen Wasser trinken. „Herrlich! Welch eine Wohltat! Wie gut, dass ich so schlau bin." dachte die Krähe und flog glücklich davon.

Der Zaubergarten

(Kasachstan)

Vor langer Zeit lebten einmal zwei Freunde in einem Dorf. Sie waren beide arm, einer von ihnen bestellte ein kleines Stück Land, der andere hielt sich ein paar Schafe. Das reichte ihnen zum Leben. Beide waren Witwer. Assan hatte eine wunderschöne Tochter und Chassen einen fleißigen und starken Sohn, das tröstete beide.

Eines schönen Tages geschah jedoch ein Unglück. Die Steppe fing Feuer und Chassens Schafe verbrannten alle. Er weinte bitterlich und ging zu seinem Freund, um ihm von seinem Schicksal zu berichten. Er sagte: „Ich will mich verabschieden, mein Guter. Ich habe nichts mehr wovon ich uns ernähren könnte, es ist alles verloren. Wir werden verhungern." Assan verhielt sich sehr mitfühlend mit seinem Freund. Er nahm ihn in den Arm und bat ihm die Hälfte seines Feldes an. „Dir gehört mein halbes Herz, so kannst du auch die Hälfte meines Feldes haben. Geh und bewirtschafte das Land, wir können beide von der Ernte leben." So geschah es und viele Jahre gingen ins Land, bis Chassen eines Tages beim Umgraben des Feldes auf einen harten Gegenstand in der Erde stieß. Er grub einen Kessel aus, der bis zum Rand mit Gold gefüllt war. Er rannte aufgeregt zu seinem Freund Assan, um ihm sein Glück zu berichten. „Assan, stell dir nur vor, ich habe auf deinem Feld einen Kessel mit Gold ausgegraben. Du bist nun ein reicher Mann!" Assan antwortete: „Du bist ein ehrlicher und großzügiger Mann. Das Gold war auf deinem Stück Acker, also gehört es dir." Chassen entgegnete: „Du hast mir bereits das Land geschenkt. Du wusstest nicht, welchen Schatz es verbirgt. Das Gold ist deines." Assan antwortete: „Der, der das Feld mit seinem Schweiß tränkt und bearbeitet, dem gehören auch die Schätze des Bodens." Jeder gönnte es dem anderen und nach einer Weile sagte Assan: „Komm, wir wollen nicht länger darüber streiten. Du weißt, unsere beiden Kinder lieben sich seit langer Zeit und möchten bald heiraten. Wir schenken ihnen das Gold zur Vermählung. So müssen sie niemals mehr Armut erleiden." Als das Brautpaar von dem Hochzeitsgeschenk erfuhr, konnten sie ihr Glück kaum fassen. Sie feierten ein großes Fest und tanzten ausgelassen bis tief in die Nacht hinein. Am nächsten Mor-

gen jedoch standen die beiden frisch Vermähl-
ten mit dem Goldkessel vor ihren Vätern. Diese
wunderten sich und fragten: „Was ist los? Warum kommt ihr so früh am Tag mit dem Schatz
zu uns?" Da antworteten sie: "Wir lieben uns
über alles. Was brauchen wir einen Schatz? Unsere Liebe ist größer als alle Schätze dieser Erde.
Bitte nutzt das Gold für eure Bedürfnisse." Mit
diesen Worten stellte das Brautpaar den Kessel
wieder in die Mitte der Stube und ging. Nun
überlegten Assan und Chassen von Neuem, was
mit dem Gold anzufangen sei. Bis sie auf die
Idee kamen den großen Weisen aufzusuchen,
um ihn um Rat zu fragen. Er lebte viele Tages-
märsche entfernt in einer ärmlichen Jurte und
war für seine Weisheit bekannt.

Als sie dort eintrafen, wurden sie von dem Weisen in seine Jurte gebeten. Dieser saß auf einer
alten Filzmatte, umgeben von vier Schülern. Er
fragte: „Was führt euch zu mir, ihr braven
Leute?" Da erzählten sie von ihrem Fund und
dass sie nun nicht recht wüssten, was sie mit
dem Gold machen sollten. Jeder glaube, er ge-
höre dem anderen und keiner mag ihn darum
annehmen. Er möge ihnen bei der Entscheidung
helfen, den Schatz sinnvoll zu verwenden. Da

fragte der Weise seinen ältesten Schüler: „Wie würdest du den Streit dieser Männer schlichten?" Er antwortete: „Ich würde raten, dem Khan das Gold zu geben, denn er ist der Herrscher über alle Schätze der Erde." Der Weise runzelte die Stirn und befragte den nächsten Schüler nach seiner Meinung. Dieser entgegnete: „Ich würde das Geld an mich nehmen, wenn Zwei sich streiten, freut sich der Dritte." Der Weise zog verärgert die Augenbrauen zusammen und fragte den nächsten Schüler: „Wie würdest du an meiner Stelle entscheiden?" Dieser sagte: „Da niemand das Gold will, würde ich es wieder in der Erde begraben, wo es zuvor gefunden wurde." Da blickte der Weise noch finsterer drein und fragte den vierten Schüler: „Und wie ist deine Antwort, mein Junge?" „Ich würde in der öden Steppe einen wundervollen Garten von dem Gold anlegen. Dort könnten sich alle armen Menschen an den süßen Früchten bedienen und im Schatten ausruhen": sprach der Jüngste. Der Weise umarmte ihn daraufhin gerührt und sagte: „Ehre den Jungen wie den Alten, wenn er klug ist. Das ist ein Sprichwort, welches hier zutrifft! Du hast weise und gerecht entschieden, mein Sohn. Gehe mit dem Gold in die Hauptstadt und kaufe den besten Samen, damit wir einen Garten anpflanzen können. Mögen die Armen diesen beiden großherzigen Männern und dir auf Ewig dankbar sein." Der Junge steckte das Gold in einen Ledersack und ging los. Als er endlich auf dem Markt angekommen war, suchte er vergeblich nach dem Samenverkäufer. Viele Stunden lief er nun schon herum und sah die exotischsten Dinge, Gewürze und Stoffe, nur Samen fand er nicht. Plötzlich hörte er ein Läuten und seltsames Gekreische. Eine Karawane zog über den Markt und hatte eine merkwürdige Fracht geladen. Überall waren Vögel angebunden. Mit dem Kopf nach unten, an den Füßen zusammengeschnürt hingen die Tiere in großen Bündeln an den Kamelen. Ihr Gefieder war zerfleddert und hing wie in Fetzen herunter. Bei jedem Schritt der Kamele schlugen die Vögel mit den Köpfen aneinander und machten entsetzlich jämmerliche Geräusche, dass es einem das Herz zuschnürte. Der Jüngling konnte die Qual der Vögel nicht mit ansehen und ging zu dem Karawanenführer. Er fragte: „Mein Herr wohin bringt ihr diese wundervollen Vögel?" Dieser antwortete: „Zum großen Khan in den Palast. Sie sind für das Abendmahl des Herrschers bestimmt. Wir bekommen fünfhundert Goldmünzen dafür." Der Junge zö-

83

gerte nicht, und sprach: „Was ist, wenn ich dir das dreifache zahle?" Der Karawanenführer lächelte nur spöttisch und zog weiter. Da öffnete der Jüngling seinen Ledersack und zeigte ihm sein Gold. Daraufhin nahm der Treiber den Schatz an sich und befahl die Vögel frei zu lassen. Diese flogen in einem riesigen Schwarm voller Anmut und Schönheit in den Himmel, so dass die Sonne für einen Moment verdunkelt wurde. Der Jüngling schaute den Tieren noch lange nach, bis sie gänzlich verschwunden waren. Dann trat er den Rückweg an. Er war glücklich. Er hatte den Vögeln die Freiheit geschenkt und ihnen das Leben gerettet.

Er pfiff ein fröhliches Lied, bis er auf einmal gewahr wurde, dass er einen Auftrag hatte. Er konnte aber nun keine Samen mehr kaufen, denn das Gold war weg. Oooh, da bekam er ein schlechtes Gewissen! „Was habe ich mir dabei gedacht? Wie konnte ich nur das Gold weggeben, das mir nicht einmal gehört? Ich versprach Samen zu kaufen und einen Garten zu pflanzen für die Armen. Was wird mein Lehrer dazu sagen? Wie in aller Welt soll ich das erklären?" Er wurde immer verzweifelter und ängstlicher. Er sah keine Möglichkeit, sich aus dieser misslichen Lage zu befreien und warf sich schließlich zu Boden und weinte bitterlich, bis er einschlief. Er träumte von einem bunten Vogel. Dieser setzte sich auf seine Brust und sang mit wundervoller Stimme: „Warum so unglücklich? Die befreiten Vögel möchten dir danken. Sie können dir dein Gold zwar nicht zurückgeben, aber sie werden dich für deine Barmherzigkeit belohnen. Hör auf zu weinen und wache auf!" Als der Junge daraufhin langsam die Augen öffnete, konnte er kaum glauben was er da sah. Von überall kamen Vögel herbeigeflogen, unzählige Arten, aus allen Ländern. Sie ließen sich auf dem Boden nieder und begannen mit ihren Krallen in der Erde zu graben. Aus ihren Schnäbeln ließen sie Samen fallen und scharrten diese mit den Flügeln zu. Der Jüngling wagte nicht, sich zu regen und beobachtete ihr Treiben. Dann erhoben sich die Vögel erneut und flogen in einem gewaltigen Schwarm in den Himmel. Wieder wurde der Tag zur Nacht, ein Sturm fegte über den Boden und ein heftiger Regen fiel herab. Als sich das Unwetter legte, sah man kleine grüne Keime aus der Erde sprießen. Diese wuchsen rasch höher und höher und höher bis sie zu Bäumen mit riesigen Ästen und Zweigen, mit saftig grünen glänzenden Blättern und üppigen Früchten wurden. Der Junge hatte noch nie in seinem Leben einen solch prächtigen Garten gesehen. Selbst der Khan konnte keinen solchen paradiesischen Ort besitzen.

Aprikosenhaine, Apfelbäume und Feigenbäume standen auf üppigen Wiesen mit bunten Blumen. Ein kleiner Bachlauf plätscherte durch die Landschaft und man sah die Edelsteine im Wassergraben funkeln. Durch die kräftigen Stämme hindurch wurde der Blick auf die dahinter gelegenen Weingärten frei. Überall saßen wundervolle Vögel, mit einer Singstimme, die einen verzaubern konnte.

Der Junge rieb sich die Augen, denn er konnte nicht glauben was er sah. Konnte das Wirklichkeit sein? Er zwickte sich in den Arm, um zu sehen ob er träumte.

Er rannte los, zurück zur Jurte von dem Weisen, um ihm von dem Erlebten zu berichten.

Die Kunde von dem Zaubergarten verbreitete sich sehr schnell. Es kamen die Reiter des „Blauen Blutes" auf königlichen Pferden herbei, um den Garten einzunehmen. Doch als sie ihn betreten wollten, wuchs ein hoher Zaun aus dem Boden, mit Eisentoren und Schlössern versehen, der einen Zutritt unmöglich machte. Sie versuchten über den Zaun hinweg an die goldenen Früchte zu gelangen, aber sobald sie sie berührten, fielen sie tot zu Boden.

Alsbald strömten die Armen für überall her zum Garten. Da öffneten sich alle Schlösser und Tore. Der Garten versorgte die Armen und Kinder, Alten und Kranken mit Früchten, Beeren und mit reinem Wasser. Die Blumen verwelkten niemals und die Früchte wurden nicht weniger. Die Vögel sangen den ganzen Tag ihre schönsten Melodien. Man hörte fröhliche Klänge und lachende Stimmen. Wenn es Abend wurde, legten sich alle ins weiche Moos und schliefen zum ersten Mal in ihrem Leben glücklich und zufrieden ein.

Der verstoßene Minister

(Turkmenistan)

Einst lebte ein Fürst, der hatte einen treu erge-
benen Minister, welcher seine Aufgaben am
Hofe über viele Jahre hin zur vollen Zufrieden-
heit aller erledigte. Der Minister aber fiel in Un-
gnade bei dem Fürsten. Daraufhin nahm ihm
dieser all sein Hab und Gut weg. Der Minister
wusste nicht einmal, warum das geschah. Er
konnte es sich nicht erklären. Eines Tages ging
der verstoßene Minister durch die Straßen der
Stadt und beobachtete ein paar Kinder beim
Herumtollen. Sie hüpften fröhlich herum, bis sie
auf einmal Fürst, Fürstin und Minister spielten.
Das gefiel dem ehemaligen Minister, er blieb
stehen und schaute zu. Der kleine Fürst kam mit
seinen Reitern angeritten und nahm dem Jungen, der den Minister spielte, allen Besitz weg.
Daraufhin fragte der Junge: "Was denkst du, bist
du ein gerechter Fürst oder nicht?" „Ein Gerechter natürlich!" antwortete der kleine Fürst. Der
Knabe antwortete: „Na ja, du hast mir alles genommen was ich besitze. Wenn du aber ein gerechter Fürst sein willst, dann gibst du mir das

Leben zurück, dass ich für dich in deinen Diensten über die vielen Jahre hinweg verschwendete." Der kleine Fürst lachte und schritt davon.

Die Antwort des Knaben hatte den Minister in Erstaunen versetzt. Er dachte, so hätte ich dem Fürsten antworten sollen. Es stimmt, was er sagt. Der kleine Junge war viel klüger als ich. Ich sollte von ihm lernen!

Das Erlebte ließ dem Minister keine Ruhe und zu Hause angekommen, schrieb er dem Fürsten einen Brief. „Mein Fürst, du hast mir all mein Hab und Gut genommen und ich kann nichts dagegen unternehmen. Ich war arm, als du mich zum Minister machtest und allen Reichtum erwarb ich durch dich. Während der langen Jahre die ich in deinem Dienst stand, verbrauchte ich aber auch mein Leben. Wenn du ein gerechter Fürst bist, dann gibst du mir wenigstens das Leben zurück, was ich für dich verausgabt habe." Der Fürst las den Brief des Ministers und lächelte.

Das war ein sehr schöner Brief, wie er fand und er bereute, den klugen Minister entlassen zu haben.

Daraufhin schickte er einen Diener aus und ließ den Minister zurück holen. So einen schlauen und erfahrenen Menschen würde er sicher so schnell nicht wieder finden.

Als der Minister erschien, setzte er ihn wieder in sein früheres Amt ein. Er war überglücklich und erledigte seine Aufgaben besser denn je und der Fürst war überaus zufrieden mit seiner Entscheidung.

Nach einigen Monaten erzählte der Minister dem Fürsten von dem Spiel der Kinder und wie er sich an ihnen ein Beispiel genommen hatte.

Da mussten beide lachen.

Fünfzig Säcke Sägemehl
(Armenien)

Es war einmal ein armer Tagelöhner, der lebte überaus glücklich und zufrieden mit seiner Frau und seinen beiden Kindern am Waldrand in einem kleinen, einfachen Haus. Sie hatten nie viel Geld und das bisschen, was er verdiente, reichte gerade aus, um das Essen für einen Tag zu kaufen. Er fällte Bäume, hackte Holz, schnitt Bretter zu und erledigte alle Holzarbeiten, die man ihm aufgab. Das war eine harte und mühsame Arbeit. Er musste viel leisten, für wenig Lohn, aber dennoch hörte man am Abend die Familie in dem kleinen Haus meist lachen und singen, so dass die Leute sich wunderten. Als der König auf dem Weg zum Schloss an dem kleinen Haus vorbei kam, hörte er das Singen und Lachen. Erst war er verwundert, als er das nächste Mal dort vorbeifuhr, ärgerte er sich darüber und beim dritten Mal war er völlig empört. „Was haben Tagelöhner zu lachen?"sagte er verbittert.

Und er schickte seine Soldaten zu dem kleinen Haus. Sie klopften an und sprachen: „Hör gut zu Holzhacker, dies ist ein Befehl unseres Herrn Königs. Fülle bis zum Sonnenaufgang fünfzig Sack mit Sägemehl, sonst werdet ihr alle sterben. Du, deine Frau und auch deine Kinder" sprach der Soldat. Der Tagelöhner erschrak: „Fünfzig Säcke Sägemehl in einer Nacht? Das schafft kein Mensch!" Seine Frau war bestürzt, tröstete ihn aber und sprach: „Mein Liebster, wir haben ein gutes Leben gehabt, ich hätte mir kein besseres wünschen können. Wir hatten uns und unsere Kinder. Das ist das Wichtigste. Wir hatten viel Freude und reichlich gute Freunde. Die fünfzig Säcke können wir nie bis zum Morgen füllen, das ist klar. Darum lass uns in dieser Nacht noch einmal unser glückliches Leben feiern und mit unseren Kindern und Freunden ein riesiges Fest feiern. So wie wir gelebt haben, wollen wir auch dem Tod entgegengehen." Sie riefen ihre Kinder und luden all ihre Freunde dazu ein. Sie feierten in dieser Nacht noch einmal ein Fest. Sie lachten und tanzten und waren glücklich bis zum Morgengrauen. Dann schliefen die Kinder ein und die Freunde gingen einer nach dem anderen nach Hause. Nun war der Tagelöhner alleine mit seiner Frau. Schweigend standen sie am Fenster und blickten hinaus. Sie sahen die Morgensonne aufgehen. Und da überfiel sie die Traurigkeit. Die Frau sprach: "Nun ist es aus mit uns. Ach, es ist schwer dieses kostbare Leben loszulassen, es war so glücklich!" „Nun, lass gut sein. Es ist doch besser dankbar für all unser Glück zu sterben, als weiter zu leben mit ständiger Angst und Traurigkeit." sagte der Mann.

Da klopfte es an die Tür. „Das werden die Soldaten des Königs sein" sagte der Tagelöhner. Noch einmal umarmte er liebevoll seine Frau, dann öffnete er weit die Türe. Der Hauptmann des Königs stand draußen. Zögernd und unsicher trat er über die Schwelle in die Stube ein. Er stand ganz ruhig, blickte nach unten und schwieg lange. „Hör zu, Holzhacker" sagte er dann, „du schneidest zwölf Eichenbretter für einen Sarg. Der König ist in dieser Nacht gestorben."

Das Huhn, das goldene Eier legt

(Syrien)

Es war einmal ein armes Ehepaar, die besaßen nichts außer eine Henne. Sie hatten schon oft darüber nachgedacht, das Huhn zu schlachten, denn bei dem Gedanken an eine Hühnersuppe lief ihnen das Wasser im Munde zusammen. Die Henne legte aber brav ihr tägliches Ei, auf das sie nicht verzichten wollten. Das Ehepaar hätte sich gewünscht, dass es wenigsten zwei Eier am Tag wären, für jeden eines, aber die Henne bekam wenig Futter und es blieb bei einem Ei. So beschloss die Frau eines Tages, dem Huhn ganz viel Futter zu geben und wenn es dann Morgen keine zwei Eier legte, würde das Tier verkauft oder geschlachtet. Am nächsten Morgen ging die Frau in den Stall und da lag wieder nur ein Ei, aber aus purem Gold. Sie rannte damit ins Haus und zeigte es ihrem Mann. Dieser fuhr damit in die Stadt und kaufte Lebensmittel, alles was das Herz begehrte und wonach es ihm gelüstete, bis das Gold aufgebraucht war. So kehrte er als armer Mann, nur mit Essen in den Körben, wieder zurück. Am nächsten Tag jedoch legte die Henne erneut ein goldenes Ei. Diesmal zog die Frau damit in die Stadt. Auch sie kam ohne einen Cent in der Tasche am Abend wieder nach Hause. Sie hatte allerlei Sachen für den Haushalt gekauft, aber alles unnötige Dinge. In der Nacht regnete es stark und es tropfte durch das Dach. Das Ehepaar wünschte sich in einem besseren Haus zu leben. Aber wie sollten sie das schaffen ohne Geld? Da hatte die Frau eine Idee. „Wenn das Huhn täglich goldene Eier legen kann, muss es innen aus Gold sein. Wir schlachten es und werden reich. Dann können wir uns alles kaufen was wir nur wollen!"sagte sie. Am nächsten Tag schlachteten sie die arme Henne. Leider war kein bisschen Gold in ihrem Magen und auch sonst nirgends.

Hätten sie das Tier nicht geschlachtet, würde die Henne weiterhin täglich ein goldenes Ei legen, so hatten sie gar nichts mehr.

Weil sie so gierig waren, verloren sie die Chance auf ein besseres Leben.

Ein Rätsel

(Israel)

Es war einmal ein König, der hatte zwei Söhne. Kurz vor seinem Tode sprach der König zu ihnen: „Ich möchte meinen Nachfolger ernennen. Steigt auf eure Pferde und reitet nach Jerusalem und wessen Pferd als letztes ankommt, der soll mein Königreich erben." Die beiden Brüder bestiegen ihre Pferde und ritten ganz langsam los. Eine Zeit lang ritten sie neben einander und dann versuchte jeder hinter dem anderen zurück zu bleiben. Als sie von weitem die Mauern und Türme von Jerusalem erblickten, hielten sie an und warteten solange sie konnten. Sie standen und standen, bis sie schließlich aus dem Sattel stiegen und sich auf den Boden setzten. Nun saßen sie den ganzen Tag über dort und keiner rührte sich. Doch ganz plötzlich sprangen sie auf die Pferde und rasten wie ein geölter Blitz davon.

Welche Lösung hatten sie in ihrer aussichtslosen Lage gefunden? Kannst du es erraten?

Die Antwort: Jeder der beiden bestieg das Pferd des anderen und galoppierte mit Höchstgeschwindigkeit auf die Stadt zu. Denn wer als erster ankam, dessen Pferd würde letzter sein.

Der goldene Bart
(Türkei)

Vor langer Zeit lebten einmal zwei Fische im Meer. Sie waren die besten Freunde. Einer der beiden hatte einen langen goldenen Bart, auf den er sehr stolz war. Sie verbrachten jeden Tag viele Stunden miteinander, schwammen umher und hatten viel Freude. Eines Tages jedoch blieb der Fisch mit dem goldenen Bart alleine. Sein Freund kam nicht wie gewöhnlich zum Herumtollen vorbei. Er suchte ihn überall und fragte schließlich den Zauberer Oktopus nach seinem Freund. Dieser erzählte ihm, die Menschen hätten ihn gefangen genommen. Er sagte: „Ich kann dir helfen. Ich verwandele dich in einen Menschen. Du hast genau einen Tag Zeit deinen Freund an Land zu suchen. Zum Sonnenuntergang musst du zurück ins Meer, sonst wirst du sterben." Der Fisch willigte ein und fiel in einen tiefen Schlaf. Er erwachte in Menschengestalt an einem Strand.

Es war tiefster Winter. Er lief in Richtung Wald. So etwas hatte er noch nie gesehen. Wunderschöne Eisblumen glitzerten um die Wette. Der schwere weiße Schnee auf den Bäumen ließ die Äste sanft nach unten sinken. Seine Füße stapften durch tiefen Schnee als er die Felder überquerte. Von weitem konnte er die Türme der Stadt sehen. Er musste sich beeilen, auch wenn er so gerne weiter die herrliche weiße Landschaft bewundert hätte. In der Stadt angekommen, suchte überall nach seinem Freund. Der Tag neigte sich bereits dem Ende zu und er war verzweifelt. Was sollte er nur tun? Plötzlich sah er in einer abgelegenen Straße in einem Schaufenster ein Aquarium. Da war er. Er hatte seinen Freund wiedergefunden. Er eilte in das Geschäft um seinen Kumpel zu befreien. Aber der Verkäufer wollte dafür eine Bezahlung, umsonst würde er den Fisch nicht her geben. Geld hatte der Fisch in Menschengestalt nicht.

Der Händler schlug ihm vor, er könne den Fisch kaufen, wenn er mit seinem goldenen Bart bezahlen würde. Er überlegte nicht lange und schnitt sich den Bart ab. Die Zeit wurde langsam knapp. Er schnappte sich seinen besten Freund und rannte aus der Stadt. Sie mussten vor Sonnenuntergang im Wasser sein. Er achtete nicht mehr auf die Schönheit der Landschaft, all das war ihm Gleich. Sie mussten es einfach schaffen!

Gerade rechtzeitig als die Sonne am Horizont unterging, sprang er mit seinem Fischfreund in die Wellen. Er verlor sofort die Menschengestalt. Beide Fische tanzten umeinander und waren überglücklich. Wofür brauchte er schon einen goldenen Bart? Er hatte seinen besten Freund gerettet, das war das Wichtigste. Nun konnten sie wieder zusammen sein.

Capt. Swings
Geheime Bibliothek

An einem geheimen Ort lagert ein Schatz von Büchern, voller Staub und dem Wissen der Menschheit. Ein Team begeisterter Forscher arbeitet sich durch die Stapel. Ständig wieder überrascht von den verschiedenen Themen. Niemand weiß, was wir als Nächstes finden. Denn eine Ordnung gibt es nicht.

In diesem Buch stehen zwanzig Märchen aus zwanzig Ländern. Mehr sind in Vorbereitung. Wenn es Ihnen gefallen hat, dann melden Sie sich doch über die Webseite für unseren Newsletter an oder verfolgen unsere Aktivitäten über die sozialen Medien.

www.captswing.jimdofree.com

 captswings

 captswings

 @CaptSwings

Altes Brot

Melanie Koßmann zeigt mit 50 Rezepten, wie man altes Brot in köstliche Speisen verwandelt.

Man kann alte Brotreste in Vorspeisen, Hauptgerichten, beilagen sowie Desserts hervorragend weiter verwerten.

Paperback 110 Seiten
ISBN-13: 9783755700920
9,95 €

Das kleine Bruschetta-Buch
Die 40 besten Rezepte

Bruschetta war in früheren Zeiten ein „Arme- Leute-Essen" und ist ein italienisches Antipasti. Es gibt unzählige Variationsmöglichkeiten, von einfach bis extravagant, von traditionell bis zu Gourmet-Crostinis.

Paperback 96 Seiten
ISBN-13: 9783755701279
9,95 €

Latein für Alle

Latein ist eine alte Sprache, eine tote Sprache, eine Sprache für Akademiker, die sich damit wichtig tun. Wozu Latein? Nun, um sich auch wichtig zu tun? Oder die Wichtigtuer zu verstehen und ihnen vielleicht sogar Kontra geben zu können.

Paperback 70 Seiten
ISBN-13: 9783755700265
7,95 €

Das LSD Tattoo
und andere urbane Legenden

Die modernen Märchen, Geschichten die zu schön sind um nicht wahr zu sein.

Paperback 72 Seiten
ISBN-13: 9783755710998
7,95 €

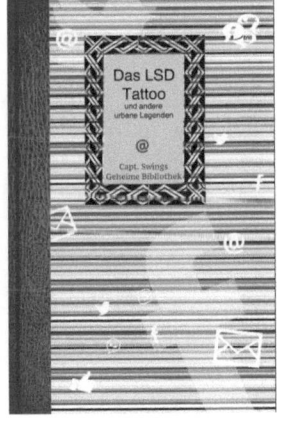

Yi Jing Das chinesische Weisheits- und Orakelbuch

Das Yi Jing, das Buch der Wandlungen, ist in einer Sprache voller Symbole und Andeutungen verfasst. Für den westlichen Leser oft völlig unverständlich. Die Witwe Cheng hat sich selbst die Texte in knappen Versen notiert. Mit klaren Aussagen.

Paperback 88 Seiten
ISBN 9 783755 716594
9,95 €

**Achtsamkeit
30 Methoden Dein Leben zu verbessern**
Melanie Koßmann

Achtsamkeit bedeutet, den Moment bewusst wahrnehmen. In Konzentration im Augenblick verweilen.

Paperback 78 Seiten
ISBN 9783755761617
8,95 €

Liköre selbst gemacht

Selbst gemachter Likör ist immer ein wundervolles Geschenk aus der Küche, welches von Herzen kommt!
Wenn der Likör dann noch in der einer phantasievollen Flasche mit selbstgemaltem Etikett steckt, ist er ein echtes liebevolles Unikat.

Paperback 88 Seiten
ISBN 9 783755 715504
8,95 €

Ballonspiele

Du kennst mich schlaff, du kennst mich rund, ich mache alle Feste bunt.

Jetzt hol tief Luft und pust´ mich auf, denn spielen kannst du mit mir auch!

Paperback 72 Seiten
ISBN 9 783755 716587
7,95 €

105

Das unmögliche Ausmalbuch

100 geometrische Figuren, die dich in den Wahnsinn treiben

Paperback 110 Seiten
ISBN 9 783755 736875
9,95 €

Die 50 besten Streichholz Rätsel
Kevin Croo

Jemand greift in seine Hosentasche und holt eine Schachtel Streichhölzer heraus. Dann geht es los…

Paperback 78 Seiten
ISBN 9 783755 780618
8,95 €